人生归处是田园

刘明清 著

光明日报出版社

青纱帐里观风景
——阅读明清诗歌的随想　　叶廷芳

A. 友谊的嘱托

接触明清始于6年前，当时他在一家出版社做负责人。觉得他目光锐利，雷厉风行，效率很高，一连给我出了好几本书。但近年来却似乎销声匿迹了！不久前来看我，说他现在已无缘于出版，只是还兼任一点行业顾问事务；平时大部分时间住在远郊密云乡下，读读书、写点诗歌。他专门用电子邮件发来他创作的部分诗歌作品请我批评。嘱我如看得上，就给写几句话，权当序言。

提到密云，不免引起我一点乡愁：建密云水库，去过两次，推沙子造大坝、潮河与白河。此外还去过两次搞"收获"，麦子与小米，吃了一顿难忘的糯小米枣子糕。每当想起，舌头就涌起甜腻腻的液体。

于是明清的诗歌作品尚未打开，就有一种亲近感了。匆匆读了一遍，仿佛在广阔的青纱帐里逛了一趟，朦朦胧胧，但物是与人非，都还依稀辨别得出来。

8. 诗风的选择

　　说来也不奇怪：20 世纪 70 年代，当作者开始学习写诗的时候，正是中国朦胧诗蓬勃兴起的时候。不管当时有意还是无意，当一股时代的审美风尚带着崭新的气息袭来的时候，是不会有意识地去阻挡的。过不了多久，你的文学灵犀也被它浸润了！多少年后，当你一旦有了闲暇，也想在诗歌的缪斯身旁走一走的时候，你会不由自主地向她递上一张"朦胧诗"的报到单。这是你当年与朦胧诗"初恋"的时候得到的第一张名片。现在在人到中年的当儿，当你欣赏过缪斯身边一个个美人之后，觉得还是初恋最难于忘怀，不是吗？于是你拿起笔来，决心开辟自己的"青纱帐"。因为这种诗体整体上能让人看得清，而不藏于令人障眼的黑块块。现代诗写得明白晓畅很少有好诗，但写得晦涩难懂，也令人皱眉。我就听我的老师冯至先生不止一次说过："德国的现代诗我看不懂！"而就在上个春节前夕，我与我的老朋友、著名诗评家谢冕聊天时听他甩出这么一句话："当代的中国诗歌看来看去还是舒婷的诗最耐读！"舒婷，中国的朦胧诗旗手之一也！难怪奥地利大诗人里尔克在《论艺术》一文中劈头第一句即是："艺术乃是万物的朦胧意愿。"

　　明清先生既然把朦胧诗作为他诗创作的开局尝试，现在就让我们看看他实践的得失如何。

C. 大自然与小生命的交响

　　明清一连数年潜伏于僻静的乡村，到底在干什么，我不得而知，猜想是利用这个难得的机会著书立说吧。这在我想来自然是理想的事儿。当看到他的一系列诗作，方知他在享受着或体验着另一种人生，即编织着一种大自然与小生命的美妙交响！他把将近半个世纪的所思、所恋、所愁、所欢、所恨等积累，都借助这些无邪的小生命焕发光彩，让人听到弦乐器的清风送爽、管乐器的田园歌调。而对那些摧毁生命的风雨雷电包括太阳的恶癣，则擂动全部的打击乐给予无畏的反击！

D. 比较见高低

　　有比较，才见高低。人的某种本事，是通过比较发现的。比如笔者就是农村长大的，对漫山遍野的风花雪月见得也不算少。我何尝不想写写它们，然迄今一无成就。比如油菜花，见得可多了。我用散文体写过，写它的纯黄，它的盛况，但一览无余！可你看明清兄写的这同一种花：

油菜花

在异乡

油菜花一样可以茁壮成长

就像漂泊的浪子

时间久了，便将他乡做故乡

只要水土适宜

只要时令不是太晚

命贱的种子就会开花

就会以她自己的方式苟活

就像苟活的人类

只要还有一口气

就不会放弃自己的生活

哪怕生命如草芥

哪怕活得如此卑微

在这里，作者并没有写"命贱"的油菜花，却有一身骄人的招蜂引蝶的光华，是借它为那些不幸身陷底层的小民鸣不平；同时又为这一阶层的人们抗衡命运的顽强意志表示敬意！这比笔者写得有意味多了。

再看作者写的《槐花儿》：

五月槐花儿香，一场勾魂夺魄的时令演出

除了你眼见为凭的场景之外

弥漫在空气中的槐花儿香味儿，更能闻到

演出的主角自然是槐花儿了

而蜜蜂，则是义不容辞的配角兼求爱王子

它们不停地亲吻和嗡嗡情话

既是这场时令演出的唯一曲目，也是高潮

　　笔者的窗前满目都是茂密的槐树，每年春天都看到漫天的槐花飞舞，却从来没有想到这是无数酿蜜的生命洞房花烛的喜庆；笔者一遍又一遍高唱着那首名叫《槐花儿时开》的四川民歌，深深同情着那位久久"望郎来"的姑娘，却不知"槐花开"的时刻正是"郎来"的"洞房花烛夜"！这说明明清有诗的想象的"灵犀"，而笔者乏之。

E. 我的祝愿

至此，一位令我们熟悉又陌生的诗人正向我们走过来，但愿他能把"青纱帐"渐渐变成"浓木林"；尽管走进去也许更加辛苦，但尝到的甘醇却回味无穷！

叶廷芳
2020 年 11 月 10 日

目录

1. 感伤诗人   [1]
2. 梦·紫丁香   [1]
3. 梦中人   [3]
4. 如期而至的爱   [3]
5. 儿子   [4]
6. 关于生计   [4]
7. 雨天   [5]
8. 妈妈   [5]
9. 清明示浪儿   [6]
10. 当年   [6]
11. 看见   [7]
12. 深山   [7]
13. 端午·白洋淀小记   [8]
14. 乌云   [8]
15. 秋爽   [9]
16. 夜云   [9]
17. 秋雪   [10]
18. 寒秋   [10]
19. 冷清之月   [11]
20. 超级月亮   [11]
21. 乡愁   [12]
22. 巢穴   [12]
23. 霾日北京   [14]
24. 寻梦扬州   [14]
25. 曾经   [15]
26. 南国探春   [17]
27. 她来啦   [17]
28. 相信·惊蛰日   [18]
29. 天命与性命   [18]
30. 向北   [19]
31. 卑微   [20]
32. 余英溪   [20]
33. 隐痛   [21]
34. 进山   [21]
35. 贵阳   [22]
36. 口外·关外   [23]
37. 宽沟之夜   [23]
38. 凛冬将至   [24]
39. 回家   [25]
40. 天鹅没有祖国   [26]
41. 半冰   [26]
42. 念头   [27]
43. 日子   [27]
44. 春意闹   [28]
45. 短暂   [28]
46. 春雪与春寒   [29]
47. 等待   [29]
48. 丁香为谁芬芳   [30]
49. 暗夜骑士   [30]
50. 风流的鬼   [31]
51. 离去   [31]
52. 云烟往事   [32]
53. 天光黯淡   [32]
54. 坐等天明   [33]
55. 白日工作，夜晚爱情   [33]
56. 七夕   [34]
57. 白与黑   [34]
58. 看云   [35]
59. 山居生活   [35]
60. 山楂树之恋   [36]
61. 逃燕   [36]
62. 探访敌楼   [38]
63. 风与云   [38]
64. 末日   [39]
65. 大雪   [40]
66. 无雪的北京   [40]

67. 陷落　　　　　　[41]
68. 诡异　　　　　　[41]
69. 太阳　　　　　　[42]
70. 麻雀之年　　　　[42]
71. 山里的年　　　　[43]
72. 初二　　　　　　[43]
73. 吕梁的雪　　　　[44]
74. 故乡与故里　　　[44]
75. 迟迟　　　　　　[45]
76. 惊蛰日　　　　　[45]
77. 二月二　　　　　[46]
78. 右堤路·牛栏山　[46]
79. 芍药居　　　　　[47]
80. 山里季节晚　　　[47]
81. 白白　　　　　　[48]
82. 白纸坊　　　　　[48]
83. 范崎路　　　　　[49]
84. 西单忆旧　　　　[49]
85. 云栖之地　　　　[50]
86. 想你　　　　　　[50]
87. 惜别　　　　　　[51]
88. 春光乍泄　　　　[51]
89. 潮白河之春　　　[52]
90. 麻雀　　　　　　[52]
91. 症候　　　　　　[53]
92. 苦菜花开　　　　[53]
93. 紫丁香　　　　　[54]
94. 黄蔷薇　　　　　[54]
95. 鸢尾花　　　　　[55]
96. 琼花　　　　　　[55]
97. 棣棠花　　　　　[56]
98. 槐花儿　　　　　[56]
99. 油菜花　　　　　[57]
100. 月季　　　　　[57]
101. 胭脂花　　　　[58]
102. 蜀葵花　　　　[58]
103. 桔梗花　　　　[59]
104. 菊苣花　　　　[59]
105. 牵牛花　　　　[60]

106. 黄秋英　　　　[60]
107. 千瓣葵　　　　[61]
108. 海草房　　　　[62]
109. 秋日黄昏　　　[63]
110. 苍凉之地　　　[64]
111. 川西坝子　　　[65]
112. 霜降到了　　　[65]
113. 北京秋色　　　[66]
114. 风中的月季花　[66]
115. 金黄　　　　　[67]
116. 白月光　　　　[67]
117. 作别　　　　　[69]
118. 久违了　　　　[69]
119. 冬日荻花　　　[70]
120. 墨绿的叶子　　[70]
121. 假寐的野草　　[71]
122. 冬日的翠竹　　[72]
123. 半月之美　　　[72]
124. 平安夜的雪　　[73]
125. 短命的冬雪　　[73]
126. 去年的雪　　　[74]
127. 年来了　　　　[74]
128. 从望京亭到萝芭地[75]
129. 乡下的年　　　[76]
130. 腊月二十八　　[76]
131. 鸣春　　　　　[77]
132. 最低的愿望　　[77]
133. 长城脚下的家园[78]
134. 憧憬灾难过后　[79]
135. 朵儿　　　　　[80]
136. 二月二　　　　[81]
137. 恋家　　　　　[82]
138. 美云　　　　　[83]
139. 春光　　　　　[83]
140. 自己的王　　　[84]
141. 云后的日头　　[85]
142. 不要以为　　　[85]
143. 苍天没有眼睛　[86]

1. 感伤诗人

他有属于他自己的一间空房子

他便任自己在这间空房子里

感伤作诗

第一首他做给这张意大利古画

古画里是一位丰满的贵妇人

她总是那样神秘地微笑着

而这永恒的微笑

却总成为他笔下的哭泣

第二首他做给这盏不灭的孤灯

孤灯焚烧了一个又一个长夜

夜里总是那个长长的瘦影子

与其娓娓叙谈

他却不知道为了什么

第三首他做给这案前的书信

书信里激动了一颗亚热带情感

且重且湿且热

而他雪白的信笺上

却是一行寒带的感伤

1986 年 3 月 20 日

2. 梦 · 紫丁香

紫丁香深情地怒放成

一个梦

梦里竟是个下雨的黄昏

我想推门

推醒你的夏天

你说，夏天多雨

于是雨点便潇洒起来

温柔地向我倾泻

我转回身来

紫丁香已挂满了泪珠

梦呵梦呵

梦里能不下雨吗？

何况这是个下雨的黄昏

1987 年 6 月 30 日夜

人生归处是田园

3. 梦中人

梦中人站在夏天

我在风雪中喊她

我们隔了两个节日

仿佛桥的两端

这头我喊破了嗓子

那头她摇疼了胳膊

涧水仍优美地流

山峰仍疲倦地走

而我们却一动不动

1988 年 3 月

4. 如期而至的爱

我想这天晚上你该来了

果然这天晚上你便借着月光

轻敲我的房门了

明清, 开门

你用一种急促而温柔的声音说

我还来不及收拾那桌杯盘狼藉

干一杯吧

我们默默地坐着

我们无言地啜饮

悠然地感受着彼此的呼吸

于是爱静静地漫上心头

并悄悄地驻扎下来

再无撤退的日期

1988 年 12 月

6.关于生计

不可设想生计对我意味着什么

我似乎从未考虑

所谓活得好与不好

便仿佛枝头的苹果

一半鲜红　一半青翠

我不知道自己

是鲜红还是青翠

总之炉火始终是鲜红的

我每天都厮守着她

她同我一样没有情人

我们相依为命

她微弱了我会扔一块煤给她

至于今后的生计

我似乎从未考虑

气候依然一天比一天寒冷

我的炉火却一天比一天鲜红

1990 年 12 月 16 日

5. 儿子

深沉而伟大的呼唤

是从你的娇嫩的小嘴中

偶然流出来的

你因此而成为这世界的上帝

我的儿子

我将你高高地抛向了天空

仿佛升起我的旗帜

你是我的太阳啊

我的儿子

再寒冷的天气我也不会感到冷了

你无论是哭是闹

还是对我狠命地厮打

都将构成我幸福人生的一部分

哪怕某一天

我将不得不向你告辞远行

在地狱之门我仍要亲吻你的额头

再用力拍一下你的肩头

我的儿子

1989 年 1 月 15 日

7. 雨天

雨天里总会发生许多事情

柴薪将尽

米缸将尽

茅草房与世界一同落泪

雨天里总是让人想起英雄

满路泥泞

雷电交加

孤身一人踏上征程

雨天里爱情总是干涸

鸿雁不至

锦书难托

只能读那灯中的瘦影

1990年12月11日

8. 妈妈

这一份刻骨铭心的疼痛

并未因一千个日夜地洗刷而

减轻

妈妈呵

在那个没有阳光的世界里

你过得好吗

也许千山万水的阻隔

算不上遥远

也许风霜雪雨的坎坷

算不上难行

但是儿子与你的距离

也许就近在咫尺

却可能耗尽我一生的行程

妈妈呵

在这个充满阳光的世界里

我不仅寒冷

而且孤独

真想今晚就乘上

时间的舟楫

趁着夜色 溯流而上

去看妈妈

去看她幸福抑或凄苦的表情

去看她青丝上是否又多了

几根白发

去看她五十八个春天播下的种子

现在是否已有了收成

妈妈呵

你现在过得好吗

1996年4月8日

5

10. 当年

当年很近，近得触手可及；

当年很远，远如海角天边。

当年很冷，冷得冰天雪地；

当年很暖，暖如春光无限

当年很慢，慢得漫不经心；

当年很快，快如时光荏苒。

当年很穷，穷得一贫如洗；

当年很富，富如黄金少年；

当年很苦，苦得没有企盼；

当年很甜，甜如汩汩甘泉。

当年很怕，怕得不敢相见；

当年很想，想如长夜难眠；

当年很恨，恨得深入骨髓；

当年很爱，爱如悱恻缠绵。

当年当年，怎不忆当年？

2012 年 6 月 8 日

9. 清明示浪儿

没有一种疼比清明疼

没有一种痛比清明痛

没有一种伤比清明伤

没有一种想比清明想

没有一种情比清明清

没有一种思念超越每个清明

伴一生

一生就够了吗

那来世呢，那儿子呢，那继承呢

岁月之后还有岁月

清明之后还有清明

一生之后还有一生

为母扫墓归来，心痛不已。

赋诗 首赠浪儿。

2010 年 4 月 4 日

12. 深山

深山里面有神仙吗?

白云生处有人家吗?

树洞中的蚂蚁结婚了吗?

花蕊间的蜜蜂有收获了吗?

石头下的野草见阳光了吗?

小路上的脚印留下了吗?

南飞的燕子回家乡了吗?

2016 年 4 月 16 日

11. 看见

看见,一直装着没看见;

听见,一直装着没听见;

想念,一直装着没想念。

没看见看见,眼睛没有休眠;

没听见听见,耳朵没有欺骗;

没想念想念,心痛怎么了断?

二十五载难回首,

回首依然泪湿衫。

2014 年 6 月

13. 端午·白洋淀小记

北方的水乡更仿佛南方，
南方的乡愁凝结在水上。
水乡总开两朵好看的花，
一朵是荷花一朵是浪花；
水乡总有两条好活的命，
一条是芦苇一条是鱼虾；
水乡总是两重清澈的天，
一重是云天一重是淀天；
水乡总遇两类相同的人，
一类是故人一类是亲人；
水乡总做两种不同的梦，
一种是新奇一种是重温。

2016 年 6 月 11 日

14. 乌云

那个叫乌云的姑娘

专门与太阳作对

她讨厌光明

喜欢穿黑裙子诱惑你

她懂得温柔

有时用泪滴滋润花朵

她不高兴了就会发怒

唤来雷电吓唬你

她悲伤的时候最可怜

在河里打扮自己

她是夏天的情人

也是风的朋友

风雨交加的夜晚

是她沉浸的爱情

2016 年 7 月 25 日

15. 秋爽

一叶知秋，没有一夜之秋来得爽
前者太文艺了，像个女孩的网名
后者太直接了，像个傻傻的少年
叶子还很绿，还在诱惑你的时候
秋就来了，只是一个夜晚的时间
莲花还在盛开，还在轻舞飞扬呢
秋爽就来了呵，爽得不要不要的
云彩真知道配合，遮住万丈光芒
秋风虽不解风情，却让玉宇澄清
就是这个爽字，最可爱也最可恨
爱她如愿到来，只用了一个夜晚
恨她姗姗来迟，苦等了一个夏天

2016 年 8 月 25 日

16. 夜云

夜云是穿白裙子的黑女子
她喜欢在秋天的夜晚出没
她让蟋蟀鸣唱提醒夜行人
她用清澈的河水映照自己
她趁夜色隐藏了美丽容颜
她的风姿只让回家者见识
她还喜欢在天边幽会情人
她也将任性丢到了晚风里
她是被遗忘的惊艳黑牡丹
她命定锦衣夜行一生凄凉

2016 年 9 月 2 日

18. 寒秋

寒秋的可爱在于比你预想的清澈
且冰冷，虽然没有结冰
高远的晴空几乎可以融化全世界
祥云，就那么飘啊飘啊
飘得你心旌摇荡意乱神迷如花痴
花没谢幕呐树叶就黄了
待晚上路灯映照真仿佛童话故事
河水照旧流淌照旧发亮
连麻雀也不见踪影了，秋风瑟瑟
还是让冬雪晚些到来吧
寒秋的景色，才是你钟情的寄托

2016 年 10 月 31 日

17. 秋雪

2016 年的第一场雪，
比预想来得更早一些。
外出的行程才刚刚过半，
缤纷的雪花就不期而遇了。
第一场雪自然是晶莹的秋雪，
与秋雨相伴滴落在蒙古高原上；
滴落在克什克腾无垠的金牧场上；
滴落在悠闲吃草的牛群与羊群身上。
鸿雁还没有来得及飞往南方温暖的家，
秋雪就急忙来宣告秋天离去冬天来临啦。

2016 年 10 月 4 日于内蒙古克旗

19. 冷清之月

冷清之冷并不冷

甚至残留一丝淡淡暖意

冷清之清清如许

如许清月，临水照花人

清月回转光阴去

逝水流年，不见她踪影

灯火阑珊如梦魇

天上人间，今夕是何年

2016 年 11 月 8 日

20. 超级月亮

超级大美女好靓好亮

六十个秋冬才又遇见你

而我已经老了

你依然还是那么光彩照人

依然高冷

依然让我只敢远远地打量

不敢靠近

不过，你今晚的光芒

却是无比的温柔

温柔撒向每个仰慕者

乃至流淌的小溪

静谧的树林

矗立的楼宇

也都沐浴了你的光辉

2016 年 11 月 14 日

北京现超级月亮

11

22. 巢穴

蚂蚁的巢穴在地下，
地下的巢穴总是细小而悠长。
青蛙的巢穴在井里，
井里的巢穴总是黯淡而悲凉；
雀鸟的巢穴在枝头，
枝头的巢穴总是在风中飘荡；
神仙的巢穴在天堂，
天堂的巢穴总是神秘而空旷；
精神的巢穴在书里，
书里的世界总是温暖而明亮。

2016 年 12 月 14 日

苏州诚品书店

21. 乡愁

乡愁是一种偶发病
常常在旅途中发作
或者在睡梦里出现
凝结在水上的乡愁
总是那一片大池塘
被小船和鸭子装点
凝结在墟上的乡愁
总是邻家美丽阿姐
与美味飘香的凉粉
凝结在树下的乡愁
是夏日阿婆的故事
凝结在巷口的乡愁
是小巷深处的犬吠
凝结在碉楼的乡愁
是金山客衣锦还乡
凝结在校园的乡愁
是操场打球的少年

2016 年 11 月 20 日

参观台山中学

24. 寻梦扬州

正月寒风吹，
吹我到扬州。
不见扬州美女，
不见琼楼玉宇。
但见梅花怒放，
但见白鸽休憩。
白云朵朵映蓝天，
瘦西湖里游人醉。
没有腰缠万贯，
没有飞鹤坐骑。
金山犹在，
广陵易散。
空怀一枕繁华梦，
人生得闲尽朝晖。

2017 年 1 月 30 日

扬州

23. 霾日北京

日头出来的时候
像降落时候
日头还没降落呢
就已经入夜
白日里寻找光明
白日里做梦
黑夜里清醒失眠
黑夜里苦等
一座座高楼大厦
仿佛纪念碑
消逝不见的背影
鬼魅如幽灵
结冰了的昆玉河
无语又悲怆
这个北京的冬天
心冷与发慌
这个北京的白日
朦胧与失望
这个北京的夜晚
破碎与迷惘

2016 年 12 月 21 日

25. 曾经

题记：明日（19日）系邓公辞世20周年。遥想起邓公出山以前的日子，自己虽然年幼无知，却仍然毛骨悚然，后怕至极焉。特别以诗纪念之。

曾经

你的身份是由你的父母祖父母决定的

是不是人民的一员完全取决于你的血统

曾经

你不可以坦率地说出喜欢什么讨厌什么

因为赞美是你无法逃避的义务

曾经

你可能在一个偏僻的乡村孤苦一生

即使食不果腹衣不遮体也只能忍耐着

曾经

你也许会在山里工厂的车床边辛劳半辈子

漂亮的女徒弟虽会给你擦汗却会跟厂长上床

曾经

你读书多有学问是一种原罪

学生向老师问罪才是家常便饭

曾经

家常便饭也是不容易吃上的

每月吃多少粮食都是规定好了的

曾经

规定好的事情也不一定就确定

今天为亲密战友明天就是永世不得翻身

曾经

确定的永远是敌人一天天烂下去我们一天天好起来

不确定则是每个沉浮不定的芸芸众生

曾经

芸芸众生如草芥根本就是一堆数字

因为你不过只是一枚小小的螺丝钉

曾经

衡量是非的标准是姓氏

即使是苗壮成长的秧苗姓错了照样要铲除干净

曾经

所有人的命运都与一个人的命运相联系

家国的命运也不例外

曾经

世界三分之二的人口都是水深火热的"受苦人"

而你的使命就是去牺牲自己解放别人

多么可怕的曾经

多么可怕的噩梦

2017 年 02 月 18 日

27. 她来啦

我知道她来啦

尽管山还是灰的

但岩石已经不再冰冷

我知道她来啦

尽管树木还形容枯槁

但野草已经默默返青

我知道她来啦

尽管残雪还在做最后的挣扎

但风已经转向温暖天下

我知道她来啦

尽管水库中还有拒绝融化的冰

但鱼儿们却已经迫不及待地苏醒

我知道她来啦

尽管南飞的燕子还没有回家

但留守的小麻雀们都已经长大

我知道她来啦

她从来都是最守约的情人

2017 年 3 月 4 日

26. 南国探春

南国的冬日与春天没有分别

就像美丽少女与美丽少妇

没有分别一样

椰子树永远青翠欲滴

大榕树永远历尽沧桑

只有三角梅透露一点季节

变换的信息

还有鸥鸟的婉转鸣唱

与行人匆忙的脚步

提醒又一个春天的来临

从未谋面的你就在这里吗

魂牵梦绕的南国就在眼前吗

时光静好

岁月蹉跎

答案要么在蓝天之上

要么在你的心底

2017 年 2 月 27 日于深圳

29. 天命与性命

天上的时间是光年

地上的时间是流年

天上的光年好慢好慢

几辈子走不到她的身边

地上的流年好快好快

一辈子没过够就已终点

天上的世界是天堂

地上的世界是人间

天堂的世界好美好美

只要走了就一去不复返

人间的世界好亲好亲

每株树每朵花都很留恋

天上的生命是天命

地上的生命是性命

天命的生命好长好长

每颗星星都是一个灵魂

性命的生命好短好短

每条性命都只一次人生

2017 年 3 月 31 日

28. 相信 · 惊蛰日

相信万物有灵；

相信惊蛰日的苏醒。

相信蛇的传说；

相信蚯蚓在蠕动。

相信报春的迎春花；

相信杏花洁白桃花嫣红。

相信春风和煦知你心事；

相信云朵正孕育新的表情。

相信地下亲人已经转世；

相信举头三尺有神明。

相信善有善报恶有恶报；

相信人生不是一场空。

2017 年 3 月 5 日

30. 向北

向北不仅仅是向往而是行动
仿佛君王御驾北征
你是自己的君王，汽车是你的马匹
辽阔的北方草原才是你驰骋的疆场
舞动的云朵会一直浪漫地注视你
她不时会像情人抛几滴泪珠给你
让人知道向北之行多么侠骨柔肠
最自由的是一直向北向北的天空
以及天空下的花草牛羊和出没的狼
唯自由的灵魂属于北方的大地河流
以及那个不羁憧憬的梦乡

2017 年 5 月 29 日内蒙古多伦

32. 余英溪

无疑水乡妹子的特征已集于你身上。

温婉得彻底透明，不带心机；

你当然有心机，就像凌霄花攀缘枝头，

懂得炫耀自己。

你懂得，懂得淡妆浓抹总相宜。

低调的水杉是你的好姐妹，

慵懒的云朵最与你搭配。

繁华落尽的落寞尽现你的风姿，

风姿绰约的余英溪，好迷离。

2017 年 6 月 17 日浙江德清

31. 卑微

卑微的岂止芦苇，

不是还有水中的游鱼吗？

卑微的岂止洋槐，

不是还有枝头的麻雀吗？

卑微的岂止泥土，

不是还有草丛的流萤吗？

卑微的岂止水柳，

不是还有逃窜的蚂蚁吗？

卑微的岂止雨滴，

不是还有破碎的时光吗？

卑微的岂止旧梦，

不是还有苟且的灵魂吗？

2017 年 6 月 10 日

33. 隐痛

隐痛仿佛亲人造访，

让你记住并且铭记一辈子。

即使隔山隔水，

或者只隔几条马路，

还是感受得到你的心疼，

与我的隐隐作痛。

你的心疼用绵绵话语，

或者长久的电话静音来表达；

我的隐隐作痛则会是漫漫长夜

或者灰灰的黄昏云影。

枫树叶此刻正繁茂满枝头，

但很快会在秋风里飘落；

荷兰菊此刻正娇艳如少女，

但很快会在秋雨里凋零。

唯有你的心疼我的隐痛，

仍是那么顽强、那么特立独行。

2017 年 7 月 4 日

34. 进山

进山与其说是自虐，

不如说是奖励。

奖品无非是愉悦的心情，

与一罐冰啤酒。

冰啤酒一定是望京塔上

老兄的私家珍藏。

老兄乃河北承德人氏，

总喜欢和他拉拉家常：

昨夜鹫峰下雨没有，

早上太阳出来又晚了几分钟？

乌鸦飞走了，蜀葵凋谢了，

驱散孤寂的是声声蝉鸣吗？

而你每次进山怎么没感孤寂呀？

是因为兄弟姐妹们相伴，

还是因为阳光下长长的影子追踪？

或者小路上的美丽邂逅？

今天松树林背后的云朵，

与山那边的云朵出自同一片蓝天吗？

上山时轻轻拂面的风，

与下山时亲吻脸颊的风是同一股吗？

好奇怪，想不通。

（注：鹫峰山顶高处有"望京塔"）

2017年8月6日于海淀鹫峰

35. 贵阳

虽是贵阳，但阳光却一点也不珍贵

明媚映照到每一扇窗，每一棵树

每一个母亲和她孩子，以及她男人

更低贱的是如鱼腥草新鲜的空气

彻底满足了你渴盼太久的自由呼吸

另外还有贵阳天空漂泊的白云彩

居然举头便望见伸手就可够到似的

2017年9月23日于贵州贵阳

37. 宽沟之夜

岁月静好曾经出现在张爱玲的婚约里
而今却作为此刻宽沟之夜的注脚
如果你想与这寂静的秋夜谈一场恋爱
是完全可以让这清冷月光做伴的
还可以请她身旁的奶白色云朵来证明
小路边的黄栌自愿地守护着你呢
远处的山重峦叠嶂也在投送羡慕的表情
曾经出现在张爱玲婚约里的心愿
怎么就显灵在这宽沟朦胧秋夜中了呢

2017 年 11 月 2 日于怀柔宽沟

36. 口外 · 关外

所谓"口外"只是出了古北口,
所谓"关外"不过出了山海关。
口外不远处便是风吹草低见牛羊;
关外很近处便是大海扬波做和声。
口外的秋风明显带着肃杀气,
关外的秋月明显透着寒凉意。
口外的生活似奶茶一样香甜醇厚,
关外的日子如烧酒一样辛辣浓烈。

2017 年 10 月 5 日于古北口

38. 凛冬将至

丝丝的北风带来极北的消息

凛冬将至，死亡将考验每条生命

大雁作为先知，最早逃往温暖的南方

喜鹊作为后觉，也将空巢抛给光秃的树枝

不知不觉的是芦苇、是蒿草、是枯荷、是流淌的河水

而你们才是最可悲的物种，虽拥有知觉却浑浑噩噩

大雁逃离之时以呜咽提醒过

喜鹊消逝之际则叽叽喳喳叫喊过

直到消瘦的芦苇在冷风中瑟瑟发抖了

直到可怜的蒿草在你们的践踏下倒下不起

直到残败的枯荷苦苦等待最后一场飘来的雪雨

直到流淌的河水慢慢结下冰碴儿正午阳光无法消融

你们却抱着孩子般天真幻想

幻想着北风的消息是个巧合误会

幻想着凛冬在极北，就永远属于极北

幻想着秋天还没走远，后面是又一个暖冬

幻想着日月轮回，慈悲的太阳会垂青每条生命

幻想着死亡不过是遥远的危险他人危险与自己无关

然而凛冬将至是个清晰事实

2017 年 11 月 26 日

39. 回家

冰冷发作的日子

就是大年降临的日子

大年降临固然可喜可贺

却未必让你开心

开心属于回家的兄弟姐妹

他（她）们已经上路了

小卖店早早贴上了封条告示

马路安静

地铁空旷

湛蓝蓝的天空

失去了欣赏的价值

你不开心

是因为冰冷的城市

烟火气息不在的缘故吗

明媚灿烂的阳光虽在

灿烂如阳光般的笑脸

却无处寻觅

2018 年 1 月 25 日

41. 半冰

半冰就像过半的婚姻

该溶化的早已经溶化了

该坚持的也不准备坚持了

拒绝融化的冰从来一厢情愿

结局早晚为一汪清水或者浊水

就像美妙夕阳早晚都会下沉坠落

就像你鲜活生命早晚都会枯萎凋零

2018 年 2 月 26 日

40. 天鹅没有祖国

天鹅似乎从来没有祖国

就像无产者从没有祖国一样

西伯利亚苦寒之地只是她的故乡

就像上海深圳只是她打工的城市一样

威海烟墩角村才是她休养生息的栖居之所

就像大别山深处的潺潺溪流才是她梦中的天堂

千山万水对于痴情的天鹅们而言不过是过往的云烟

时光飞逝对于思乡游子们而言不过是寒来暑往春夏秋冬

高飞九千米是为了尽快与心仪的伙伴度过一段温暖好时光吗

跋涉上千公里是为了了断一段朝思暮想魂牵梦绕的浪漫之记忆吗

2018 年 2 月 18 日山东威海烟墩角村大天鹅栖息地

43. 日子

依山而居，
身会踏实，心会飘远。

傍水而住，
身会清澈，心会柔软。

山居的日子，
桃李不言，
一年只开一次花。

水住的时光，
风平浪静，
一江春水向东流。

2018 年 3 月 19 日

42. 念头

还乡的念头在晚上
早上就该出发了
还乡的念头在路上
柳枝已经等待了
还乡的念头在河里
波光粼粼闪着光
还乡的念头在山里
犬吠声声迎故旧
还乡的念头在风中
相见时难别亦难
还乡的念头在梦中
岁月匆匆人亦匆匆

2018 年 3 月 10 日

45. 短暂

一个白天加一个夜晚看你，固然短暂

一个冬季加一个春天陪你，仍显吝啬

整个白天，看不倦你

整个夜晚，怕失去你

整个冬季，都在企盼

整个春天，沉醉迷离

一个年头加逝水年华伴你，固然仓促

一个人生加蹉跎岁月守你，还是不够

2018 年 3 月 31 日

44. 春意闹

春意闹在枝头

河水却是安静的

春意闹在上午

午后却是安静的

春意闹在城里

郊区却是安静的

春意闹在马路

小巷却是安静的

春意闹在凡尘

天堂却是安静的

春意闹在耳畔

心中却是安静的

2018 年 3 月 24 日

47. 等待

等待，与煎熬具有相同的意义吗？

比如桃花的等待，一定经历凛冬的煎熬；

比如巢穴的等待，一定经历离别的煎熬；

比如夜晚的等待，一定经历白日的煎熬；

比如归乡的等待，一定经历跋涉的煎熬。

煎熬，煎熬的不仅身体，更是心；

等待，等待的不仅消息，更是你。

煎熬，煎熬得太久了，身体真会枯萎吗？

煎熬，煎熬得太多了，心上真会长草吗？

等待，等待得花谢了，消息就该来了吧；

等待，等待得日落了，你也就该不走了。

2018 年 4 月 12 日

46. 春雪与春寒

料峭的春寒缘于飘落的春雪

缘于天堂亲人的召唤

上天有知，灵魂有知

凡尘回春并不意味冬的离去

含苞的蓓蕾缘于萌动的生命

缘于脚下泥土的滋养

土地有灵，树木有灵

花朵怒放并不表示春的温暖

2018 年 4 月 5 日

48. 丁香为谁芬芳

丁香为谁芬芳？似乎是个吊诡的问题
因为谁都可以自认丁香主人。除非他目盲
目盲也是没有关系的。只要他嗅觉还灵敏
丁香就是个嗅觉尤物
因为她的美来自香
闻香识女人之类的陈词滥调，当然也适用于丁香
其实陈词滥调一向更受用，更灵
就像你对自己的女人一百次一千次说爱她灵一样

2018 年 4 月 19 日

49. 暗夜骑士

暗夜骑士没有马匹，也没有剑
只是一个人疾步行进在白河岸边
白日里，他隐在城市人流中
只是夜晚才是暗夜骑士自由疆场
而自由从来钟情于自由的灵魂
就像白河水中闪烁着的鬼魅灯光

就像牡丹花释放的一缕缕清香
就像密关路上一直追随他的月亮
就像暗夜颁给骑士的自由勋章

2018 年 4 月 25 日
于密云白河公园

51. 离去

离去与回来本质没什么区别

前者不过是后者的另类翻版

就像蔷薇花坠落泥土，明春还会盛开

就像阳光隐藏到山后，次日还会重现

哪一次离去不是为了下一次回来呢

哪一场回来不是预示下一场离去呢

就像山路弯弯起点也是终点

就像灵魂转世此岸亦即彼岸

2018 年 5 月 3 日

50. 风流的鬼

因为没有谁真肯牡丹花下死

所以也就根本没有什么风流的鬼

风流的鬼或许是用来骗你的

就像眼前的美景不过是水中倒影

虽然今晚还真有月上柳梢头

但是人约黄昏后却让你美梦一场

就像遥远星系放射已逝光芒

（注：人类看到的许多星光

都是几亿年前的）

2018 年 4 月 26 日

53. 天光黯淡

天光黯淡是从早上开始的吧

而乌鸦的哀鸣昨天夜里就开始了

酝酿已久的雨水还在等待

不知末日的蔷薇会不会中止枯萎

天真理想是从那年破碎的吧

而苟且的生活那个夏天就开始了

尘封已久的旧梦还在煎熬

不知远逝的灵魂是不是已经转世

2018 年 6 月

52. 云烟往事

云烟往事，亦是现实

现实仿佛触手可及，如同这头顶的云朵

往事却留在心底里

心底里也会生根发芽

只要时间足够长久，如同这脚下的泥土

云烟往事，亦是结果

结果仿佛静止时间，如同这山坡的树木

往事其实皆与你有关

与你厮守的逝水流年

只是遗憾人生苦短，如同这过往的云烟

2018 年 5 月 22 日

54. 坐等天明

尽管眼前的柴薪将成灰烬，最后一点火苗也快熄灭

你仍然打算继续这样厮守下去

尽管厮守下去，灰烬的余温也不会维持多少时间

你仍然相信放弃是多么的可耻

尽管孤独的坚持，常比鬼魅出没的长夜更折磨耐性

你仍然愿意固执己见坐等天明

2018 年 7 月 10 日

55. 白日工作，夜晚爱情

白日的阳光只为工作照耀

只为汗流浃背的身体加温

白日一切都是透明的，私情无处躲藏

白日不属于那些梦想家，只青睐实干

白日能让希望变得有希望

白日能让迷茫者找寻方向

而夜晚的霓虹灯都是伪装

都是为迷恋爱情者打掩护

夜晚一切都是暧昧的，温情弥漫天空

夜晚只属于那些浪漫狗，只庇护胆怯

夜晚能让虚幻变得更虚幻

夜晚能让陌路人获得爱情

2018 年 8 月 17 日

57. 白与黑

白日的白并不真白，时有黑云显现
报以天真幻想的人难遂心愿
黑夜的黑并非漆黑，时有灯火闪烁
已经心灰意冷的人不必绝望
白日里的繁华景象，热闹中透凄凉
皆因为天下没有不散的宴席
黑夜里的星星点点，凄凉中透温暖
皆因为头顶三尺之处有神明

2018 年 9 月 4 日

56. 七夕

七夕，牛郎没有出现，织女也没有下凡
只是月亮悄然升起
只是云霞黯然隐去
七夕，悲伤逆流成河，以及天堂的幽怨
短暂的聚首，长久的别离
恩准的幸福，彻底的痛苦
七夕，诺言没有兑现，自由则更加遥远
只是月季花在枯萎
只是白灯光在等待

2018 年 8 月 17 日

58. 看云

屋门口看云，像看久别的你
真真相看两不厌
亦是入秋时，亦是云厚的天
历历往事已如烟
北雁向南飞，蝉声日日渐远
一杯浊酒尽余欢
时光如流水，不知今夕何年

2018 年 9 月 7 日

59. 山居生活

山居生活是从倾听蟋蟀合唱开始的
蟋蟀在秋天里发出自己的声音
就像月季花在秋天里凋谢
就像蚊虫突然不咬人
总算是正式开启了新生活的后半段
夜晚的路灯只为几个异类照耀
只是犬吠的声音都显孤独
只是邻居都会打招呼
山居生活所关注的不过是柴米油盐
柴米油盐才称得上有滋味的日子
就像白河出发就有了方向
就像夜晚入眠等黎明

2018 年 9 月 13 日于密云澜茵山家中

61. 逃燕

坝上下雪的消息，在朋友圈散布

燕子逃离的情景，在镜头里留存

尽管秋雨不过才刚刚小试锋芒

尽管云朵正展现她最俊美模样

但秋蝉已经彻底消逝得无影无踪

但蝴蝶已经陈尸草丛结束了一生

只是月季花在秋风中瑟瑟发抖

只是玉兰树枝头叶子浓绿如初

2018 年 9 月 30 日

60. 山楂树之恋

她的山楂树之恋在南方

你的山楂树之恋在北方的山岗

南方没有秋色只有苦涩

北方的山岗秋色迷人果实累累

苦涩的南方常常多雨水

雨水多了河流泛滥像爱情泛滥

北方山岗往往秋风萧瑟

秋风萧瑟让孤独的人拥抱取暖

2018 年 9 月 20 日于密云山中

62. 探访敌楼

距京不过百里的敌楼，未能敌住八旗进京

不是敌楼不坚固，而是人心不坚固

古来升斗小民就不愿意与任何人结下仇怨

只要能活着，哪怕被野蛮异族统治

只要统治比同类宽松一点都能呼吾皇万岁

哪里来的吾皇？分明就是亡国灭种

好在历史从来宽恕成功者，只要时间久了

时间久了，仇寇也会成为亲人

时间久了，可耻的敌楼也会成为名胜古迹

2018 年 10 月 5 日于密云白石岭长城

63. 风与云

风是云最忠实的情人

没有风的召唤，云便躲藏起来

没有云的现身，风也不解风情

风与云是命定的连体

他们在一起才有所谓风云际会

风云际会的风云与风云没关系

世间万象亦风云变幻

不仅包括了韶华时光春华秋实

而且孕育了悲欢离合苦辣酸甜

2018 年 10 月 28 日

64. 末日

如果今天是末日，该下班的继续下班

该等待的继续等待，只要你还在路上没有回家

末日也需要最后的晚餐，不管谁是挚友谁将陌路

只是大雾弥漫，让眼睛迷离不知方向

当然每个灵魂都十分的清醒，即使末日来临了

即使末日来临了，欠下你的承诺与誓言仍然有效

只是需要另一个夜晚来兑现，来检验

只是这个夜晚大雾弥漫，看不清你消失的背影

只是不知世界轮回往复，将在何时与你旧梦重温

2018 年 11 月 14 日于 15 号线地铁中

（注：琼花乃扬州市花）

66. 无雪的北京

无雪的北京，仿佛柏拉图之恋
只是停留在想象与渴望上面
谈着名义爱情，过着凄冷冬天
三百公里之外的坝上早积雪
牧民家的草场已是白茫茫一片
只是这故都北平，雪毛未见
近来除了气候异常，了无生机
而且阳光惨白刺眼，愁煞人
而且月光阴郁迷离，梦游一般

2018 年 12 月 30 日

65. 大雪

不知道最后的月季花

会不会在大雪日里凋零

反正山楂树海棠树玉兰树

都已经没有一片叶子了

屋前的小山上

再也听不到麻雀叽叽喳喳开会

小区里

干装修的老朱与小朱有一个星期不见踪影

大雪日

照例天高云淡，没有雪花飘落的迹象

但干冷异常

干冷空气中，弥漫着淡淡的岁末味道

凛冬已至，冰雪未知

下一个春天，还遥远吗

2018 年 12 月 7 日大雪节气

67. 陷落

看来"同在一片蓝天下"是个谎言
就像"月是故乡明"是个事实
帝都的蓝天与这里无关
就像大理的风花雪月与帝都无关
但河北的陷落不是孤立事件
中原大地也同样陷落了
想此时山东半岛的天空必雾茫茫
雾茫茫的山东前年就曾体验
这样的体验与帝都相同
看来"故国一同陷落"倒是个事实
就像中原小县城也有有钱人
就像繁华帝都也有穷人

2019 年 1 月 3 日于河南巩义

68. 诡异

诡异的光影现身在诡异的时间
时间从来都是诡异的魔鬼
她既不对肉食者表现出偏袒来
也不会对苦命人有同情心
诡异的光影一定是外在的风景
内在风暴只有时间去证明
时间的证明胜过一切律法权威
权威从来都是奴役的果实
未来主人才不会买旧权威的账
现世律法亦必被后世嘲笑
就像诡异的光影只能诡异某时
再次天光大亮时便无踪影

2019 年 1 月 7 日

70. 麻雀之年

山下的人开始过新年了
山上的麻雀也叽叽喳喳兴奋起来
山下的人过年总是盘算
山上的麻雀只顾欢喜迎它的春天
山下的人过年才会团聚
山上的麻雀老老小小每日都厮守
山下的人过年都长一岁
山上的麻雀从不关心今夕是何年

2019 年 2 月 2 日

69. 太阳

即使地球上的所有生命都得仰赖它存在
即使智慧抑或愚蠢的人类也不例外
即使还包括郊外某个山脚下苟活的你
它也没有理由成为万事万物的主宰
它也没有资格做受苦受难之人的救世主
讨厌它，正是因为它被无耻地歌颂
讨厌它，正是因为你不愿意加入合唱团

2019 年 1 月 10 日

72. 初二

初二，春节的次日，高潮过去之后的退潮日

实际上大年已经溜走了，只是有点依依不舍

依依不舍，并不能改变任何的既成事实

就像白日的时光已经不在了一样

不管你有多么不情愿

过去的冬天即使没有飘过一片雪花，也永别了

未来的春日，即使多么姹紫嫣红都不属于你

逝水流年，一旦逝去就彻底逝去

不管你有多么不情愿

2019 年 2 月 6 日

71. 山里的年

山里的年，与平常日子略有不同

比如白莲花般的云朵照例飘在空中

比如明媚的阳光照例爬进窗户

比如沉睡的你照例被叽叽喳喳的麻雀吵醒

只不过山里的年有点乡愁滋味儿

比如早早地就可以贴上新年的春联

比如提前就到集镇上采买年货

比如急切地等待久不回家的年轻人敲门声

2019 年 2 月 4 日于密云澜茵山

73. 吕梁的雪

吕梁的雪像二妮家的白馍一样粉白
会唱山歌的漂亮二妮去了哪里呢
下雪天，五哥哥猫在家里没出门吧
但他家的羊会不会饿得咩咩叫啊
大雪纷飞的日子，吕梁竟如此妖娆
是谁的车轮轧过积雪留下了印记
为何黄河九曲向东流，而你走西京
西京路真难行，西行路上雪花飘
雪花飘飘新春到，山西一派好风光

2019 年 2 月 11 日于吕梁山中

74. 故乡与故里

故里比故乡亲切得多

尽管也存在所谓"精神故乡"一说

特别是当故里的土地

掩埋着一个伟大灵魂的时候

即使无尽的乡愁常常潜入梦境

即使每每欲罢不能，也仍然轻如鸿毛

是的，在故里面前

故乡的一切牵挂都不值得一提

就像在埋葬高贵灵魂的地方

多么崇高的理想亦如灰

你的理想如灰

丝毫不能抵消掉他曾经的耻辱

他的奇耻大辱

恰恰证明了历史的丰功伟绩有多么虚伪

2019 年 2 月 13 日于陕西韩城司马迁墓

76. 惊蛰日

惊蛰日里苏醒的除了昆虫
是不是还有狐仙地仙和桃仙
以至于夜晚的星星都警觉起来
不停地眨眼睛
其实你也在一直不停地眨眼睛
仰望星空，只是装模作样
心底害怕的是邂逅神仙下凡
害怕乡路旁树丛间藏了美丽的女妖精
如果万物有灵
惊蛰日会不会是她们转世重生的节点

2019 年 3 月 6 日

75. 迟迟

迟迟飘来的飞雪，宛若迟来的爱情
即使土地干渴到了绝望的边缘
即使河流已奄奄一息到了断流程度
即使麻雀呼叫，亲人集体感冒
她仍羞涩地在坝上在草原甚至南方
现身。而不肯垂青真正仰慕者
好在精诚所至，金石为开。她明白
她明白冬天一旦走远只能来年
她明白今生如若不见只能来世见面
她明白春日迟迟不可能会缺席
迟迟飘来的飞雪，今天终于降临了
宛若迟来的爱情，宛若你夙愿

2019 年 2 月 14 日降春雪

78. 右堤路 · 牛栏山

沿着右堤路，可以到牛栏山沽酒

可以探看帝都潮白河的颜色

可惜今日阴霾密布，满天低级灰

即便响晴明日，也不会意外

牛栏山的繁华古镇早就不见踪影

潮白河两岸更没有了打鱼人

至于清蒸白鲢，已然是老辈传说

好在潮白河仍在安静地睡觉

好在右堤路可达牛栏山还抵河北

好在牛二的名声远播五大洲

2019 年 3 月 10 日

（注：北京人称牛栏山二锅头酒为

"牛二"。）

77. 二月二

二月二，不仅龙抬头

而且是迎春花开的日子

那一年的二月二，浪儿降生

奶奶说是良辰吉日

因为那天龙抬头

至于迎春花开否？倒没印象了

而今年的二月二，印象如此之深刻

不仅北土城的河水波光粼粼

而且马甸的迎春花、杏花与桃花齐怒放

不过，最美的花朵

当是元大都遗址飘过的姐妹花

今天也是她们的节日

正是她们装点了新北京的春天

2019 年 3 月 8 日

79. 芍药居

早春时节，芍药居根本看不到芍药花
只可以看到稀稀落落的车流
芍药居离太阳宫很近，也看不到宫殿
美好的名字，定有美好记忆
就像芍药花开，经常会浸入芬芳梦里
就像曾经香火旺盛的太阳宫
一定有神灵保佑这里世世代代的子民
沧海桑田。万丈高楼平地起
每次经过芍药居，都会想起芍药花开

2019 年 3 月 13 日

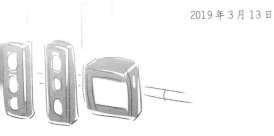

80. 山里季节晚

城里的迎春花

开了半个月了

山里的海棠树

刚刚脱去笨重的冬衣

城里的杏花桃花

都要凋谢了

山里的玉兰树

还只是枝头初现蓓蕾

城里面一向都是二月春来早

山里头却总是春日迟迟、卉木萋萋

春天可以迟到，但不会缺席

很像南雁北归少女怀春般符合常理

2019 年 3 月 16 日于密云

82. 白纸坊

老宣武的白纸坊，前世可是金中都
造纸作坊的地界儿，也曾经跑过金戈铁马
也曾经涌起过一波又一波时代洪流
时代洪流，泥沙俱下。一代新人换了旧人
从护城河到南滨河，岂止名字改变
更与庙堂兴废有关。胜者王败者寇是也
至于柴米油盐酱醋茶，乃生之所欲
至于桃红柳绿、现世安稳，有谁记挂心怀

2019 年 3 月 25 日

81. 白白

白白是最美的纯色。例如白白的云朵
当风和日丽的时候，白云朵宛若白衣仙子
因为仙子在天空舞动
便有了白日放歌须纵酒的理由
白白的心地最干净。例如白白的玉兰
当阳春三月的时候，玉兰花宛若白雪天使
因为天使在枝头绽放
便有了青春做伴好还乡的托词

2019 年 3 月 22 日

84. 西单忆旧

因为西单牌楼而得名的黄金宝地儿

似乎曾经还真有过一阵钱没脚面的好时光

北京最早一批发财的哥们儿姐们儿

八十年代明珠市场练摊儿，可是西单一景儿

还有那帮南方倒爷儿包柜台包商场

在西单一夜发家致富的，应该着实不老少

惹得胡同儿大爷大妈最气不过份儿

想当年北京没多大，丰台海淀一水农村儿

想当年北京人也还不时兴吃瓦片儿

规规矩矩地上班，不三不四的才去练摊儿

想当年西单真火，不到西单枉来京

2019 年 3 月 27 日于北京西单

83. 范崎路

本来你生在峻峭的怀柔山地

却长了一副江南水乡的俊模样

漫山遍野的山桃花就是为你开的吧

溪水潺潺鱼翔浅底也该是为你流的吧

俊模样并不稀奇，而你稀奇

除了年迈的长城每日每夜守着你

并且篱苑书屋的青春时光也难别离

并且探访你的每个匆匆过客都惦记你

2019 年 3 月 26 日于怀柔范崎路

86. 想你

上天有灵

特意赐你一个放晴的天气

云朵若莲花，天蓝若海水

让儿子在这样的时候，止不住想你

想你的世界，春风是否也吹起了

是否同样桃红柳绿，燕子归来了

大地有知

特意赐你一个和暖的日子

蜜蜂嗡嗡叫，蝴蝶双双飞

让儿子在这样的日子，禁不住念你

念你的世界，寒意是否也走远了

是否同样春江水暖，万物复苏了

2019 年 3 月 31 日纪念母亲

85. 云栖之地

云栖之地在山里

山里的云朵飘在屋顶，仿佛触手可及

山里的桃花、海棠花清明之前次第开放

比城里整整晚了一个节气

云栖之地日子慢

日上三竿，春梦方醒，仿佛回到童年

麻雀喜欢早上叽叽喳喳，柴狗傍晚回家

时光蹉跎，宛若逝水流年

2019 年 3 月 30 日于密云澜茵山家中

88. 春光乍泄

尽管表面上

你仍在强装着冷若冰霜

而你的内心深处

其实已经蠢蠢欲动了

山上的残雪

以悄悄化作春水来证明

枝头的喜鹊

以不停地喳喳叫声做呼应

春光乍泄

应该是你春心萌动的信号

凛冬将逝

应该是大地回春季节轮回了

2019 年 2 月 17 日

87. 惜别

告别一旦发生就会演变成惜别

比如昨日这一场痛快淋漓的春雪

尽管她姗姗来迟，甚至于过分

过分得让那些钟情的人们好绝望

好在她总算回心转意，未逃避

仿佛音信杳然的你，在节日现身

相见时难别亦难。春雪即如此

天下没有不散的筵席。爱情亦然

2019 年 2 月 15 日

90. 麻雀

它们的叽叽喳喳，

真是像极了人类开会。

只不过更像是普罗大众的会议：

吵吵闹闹，喋喋不休。

每一个都假装勇敢，实则胆小如鼠；

稍有风吹草动，便会惊慌失措、四散逃离。

每一个又都极容易满足，不思进取；

只要啄到几粒米几颗籽，便每日欢天喜地。

2019 年 2 月 27 日

89. 潮白河之春

虽然你有个洋气的"北京莱茵河"的名字

但不好意思——

欧洲莱茵河的旖旎风光，你真的不具备

为何非要与他人比美？

你的美自有人懂啊

即使你与家乡的田园一同荒芜——

让爱你的人心如刀割

即使你经常干涸、断流——

有时只剩下几滴泪水

即使靠你而活的白鲢已经绝种

大片的芦苇荡消失殆尽

也不可能减弱亲人的赤子之爱啊

野火烧不尽，春风吹又生

卑微的野草如此

高贵的潮白河亦然也

2019 年 2 月 20 日

92. 苦菜花开

卑贱的苦菜花开了，春天接近了尾声
卑贱的苦菜花与所有卑贱的灵魂一样命运
被践踏、被漠视，被高贵者随意欺凌
在田野边、在道路旁，苦菜花坚强地怒放
即使拦腰斩断、碾进泥土，她也活着
就像所有卑贱的生命一样擅于伪装与苟活
不要以为高贵的灵魂就可以摆脱卑贱
即使高贵如牡丹、怜爱如玫瑰也不会例外
枯萎了、凋零了，一样会很快遗忘掉
一样会很快遗忘掉的，也包括万物的主宰
无论王侯将相；还是卑贱的普罗大众

2019 年 4 月 22 日

91. 症候

乡愁是一种间歇性发作的症候
尤其是在清明时节
乡愁会潜入心底，并隐隐作痛
一方面与你有关系
不知道你的世界，现在好不好
不知道你有无烦恼
不知道你是否还放心不下儿子
儿行千里母担忧。即使阴阳两隔
另一方面旧梦重温
旧梦里天总是很蓝蓝得像大海
旧梦里总是白云飘
旧梦里的家乡千树万树梨花开
难舍旧梦与乡愁。即使天各一方

2019 年 4 月 6 日

94. 黄蔷薇

风雨中摇曳的黄蔷薇

宛若风情女子

只是这女子一袭清新的黄裙装

显得过于朴素

过于朴素的美

其实一点也不朴素

就像朴素的邻家女孩

虽然不施粉黛

却一样妩媚妖娆

2019 年 4 月 24 日

93. 紫丁香

在高级灰与俗艳红之间，紫丁香的紫似乎更经看

在经看之外，则是她卓尔不群的气质与芬芳

大红大紫，从来都容易获得偏爱、容易哗众取宠

但紫丁香，却没有一丁点张狂的想法与表现

她只需要些许的水、贫瘠的土，以及晚春的召唤

晚春才是她的真正主场，春天使者与她无缘

与她有缘的是蝴蝶是蜜蜂，是你每日怜爱的目光

2019 年 4 月 23 日

95. 鸢尾花

朝华夕逝的鸢尾花

印证了红颜薄命的道理

尽管她冷艳的紫色

并不逊于红颜

红颜薄命难违

鸢尾花的一日芳华亦非传说

好在，她的一辈子皆为青春好年华

就像那些薄命红颜

从未拥有过衰老的印象

好在，她亲生姐妹都同她一样漂亮

就像那些薄命红颜

都曾是凄美爱情的主角

2019 年 4 月 28 日

96. 琼花

杏树挂果的时候

恰好琼花盛开

恰好春雨洗过北京

北京不是她的家

她的家在扬州

南朝四百八十寺

多少楼台烟雨中

南方烟雨中的美丽绽放

才是她的本色出演

寂寞盛开在异乡北京

只是表明她不想负春光

不负如来不负卿

她和你，都曾这么想过

琼花盛开的时候

恰好杏树挂果

恰好紫丁香与蝴蝶亲吻

恰好春雨洗北京

2019 年 4 月 29 日

98. 槐花儿

五月槐花儿香，一场勾魂夺魄的时令演出
除了你眼见为凭的场景之外
弥漫在空气中的槐花儿香味儿，更能闻到
演出的主角自然是槐花儿了
而蜜蜂，则是义不容辞的配角兼求爱王子
它们不停地亲吻和情话喁喁
既是这场时令演出的唯一曲目，也是高潮

2019 年 5 月 6 日

97. 棣棠花

用"金黄"形容晚春的棣棠花似乎更恰当
尽管老套了点
但毕竟表明了她高贵的气质
她的高贵来自民间凡尘
与官家扯不上关系
就像是小家碧玉邻家女孩
一样都是父母亲的掌上明珠
就像是五一劳动节
实为以劳动为名的休息时间
所以棣棠花黄只是颜色金黄
一点也不多金
所以多金的男人与女人
不会将她放在心上

2019 年 5 月 1 日

100. 月季

庭前的月季之美

似乎是可以用"妖冶"一词来形容

特别是黄昏时分

特别是月亮升起的时刻

初绽的月季花仿佛陷入初恋的少女

虽然她不解风情

但矜持的外表几丝娇羞

已经掩盖不住她奔放的狂野之心

2019 年 5 月 10 日

99. 油菜花

在异乡

油菜花一样可以茁壮成长

就像漂泊的浪子

时间久了，便将他乡做故乡

只要水土适宜

只要时令不是太晚

命贱的种子就会开花

就会以她自己的方式苟活

就像苟活的人类

只要还有一口气

就不会放弃他自己的生活

哪怕生命如草芥

哪怕活得如此卑微

2019 年 5 月 7 日

101. 胭脂花

胭脂花的名字

比紫茉莉更富烟火气

所以胭脂花之美

才与你的审美趣味相匹配

就像你与她的趣味相投

本质缘于心相印

而心相印不同于花前月下山盟海誓

倒是山高水长路迢迢野茫茫最勾魂

倒是人海茫茫中闪过

她长发飘飘的背影最深刻

2019 年 5 月 18 日

102. 蜀葵花

长于滇的蜀葵花

天生带有蜀地的烈焰性格

烈焰红唇

敢爱敢恨

亦是蜀地女人的可爱之处

哪里都可以扎根

——无论巴山蜀水

哪里都可以绽放

——无论南疆北国

只要土地有一点水

只要阳光给一点施舍

只要不被恶势力毁灭

蜀葵花便会如蜀地女人一样

又好又美

2019 年 5 月 19 日

103. 桔梗花

桔梗花

你柔弱的样子

似乎掩盖了坚强的内心

因为你好像一点不在乎炎炎酷暑

甚至冷风吹来

你也不惧怕，只是装睡

另外，你似乎从来都情愿

与贫瘠的土地结缘

只要一点点水分一点点阳光

你就彻底满足了

你随时都在为属于你的季节准备着

一旦时机到来

你便会淡妆出场

恣意挥洒你的好时光

桔梗花

你冷漠的外表之下

是不是藏着狂野的灵魂

2019 年 6 月 27 日

104. 菊苣花

苦日子固然讨厌，但印象深刻

就像菊苣虽苦，却开出了浪漫的花朵

苦与难是一对孪生姐妹。姐妹花如此漂亮

可她们隐秘的内心竟是涩涩的苦

苦尽未必甘来，甘来的后面多苦难

有些花，生来就是苦菜花，例如这菊苣

有些人，天生就是苦命人，例如远去的亲人

2019 年 6 月 30 日

105. 牵牛花

牵牛花开的早上

看不到牵牛的少年

也听不到牧童短笛

只是农夫在菜园除草

只是百灵鸟在林间唱歌

牵牛花开的早上

妩媚云朵在天上飘

山中小路曲折蜿蜒

只是蝴蝶在花间飞舞

只是知了在树梢不停叫

2019 年 7 月 6 日

106. 黄秋英

尽管你在七月的北方原野中现身

但你风姿绰约的样子，一如你在云南的姐妹

黄秋英。你名字本身竟如此奇特

既有乡间小女子的朴实，也不乏侠女的英气

尤其当你以你们的方式聚一起时

仿佛黄色海浪，微风袭来，如入梦幻的世界

梦幻中的黄秋英，当然非常好看

但凡尘里的黄秋英，除了颜值高则更显可爱

唯有可爱，才与你的形象相匹配

2019 年 7 月 14 日

107. 千瓣葵

正午的千瓣葵，在诉说着谁的隐秘恋情
不仅恋情的男主人公不被人知
而且女人公的身份更是十分可疑
就像云深不知处，云彩的心事谁能掌握
当然千瓣葵早就知道一切秘密
因为她是花前月下的唯一见证者

正午恶毒的阳光肆虐之时，她也在现场
包括石榴开花；以及雷雨交加
都没有逃过千瓣葵警觉的眼睛
就像尘世间的罪恶，总会被上帝所察觉
当然一切美好也会被她所铭记
就像隐瞒恋情被相爱的人所铭记

2019 年 7 月 24 日

108. 海草房

当年海上漂泊的日子
与其说浪漫，莫若说无奈
尤其对于小渔村里的渔民而言
出海不过是他们讨生活的方式
与农民下地、牧民放牧，没有什么本质不同
所以大海就是渔民的土地，就是渔民的牧场
只是他们更勇敢更知道想家的滋味
只是他们更喜欢小渔村的日日夜夜
农民可以日出而作日落而息，他们不可以
牧民可以带着老婆孩子转场，他们不可以

他们的每一次出门，都会是出远门
他们的每一次告别，都若生离死别
他们最高兴的事情，莫过于活蹦乱跳地回家
他们最甜美的故事，一定发生在海草房子里

2019 年 8 月 5 日于山东荣成

109. 秋日黄昏

山里的秋日黄昏，之所以别具风情

首先与落日余晖缓慢地消逝于山后有关

山前的树林已经黯淡下来了，倦鸟纷纷归林

而山后的村庄与田野依然阳光灿烂

尤其在集镇上，可能会迎来最后的高潮

不仅卖菜的大叔有机会最后搞个集中大甩卖

豆腐西施也将会在天黑前销售一空

最具风情的还是山里人家，以及白云朵

山里人家稀稀落落，该进城的已经进城走人

该回家的，当在太阳落山之前回家

只是那一抹白云朵，显得有些苍白无力

无力挽留落日；亦如同月季花无力挽留秋天

2019 年 9 月 15 日

110. 苍凉之地

从延庆到坝上

从坝上到桑根达来

从桑根达来到锡林郭勒

首先是秋风越来越萧瑟了

其次是草木由墨绿变枯黄了

还有草原上的鸿雁不见了踪影

延庆的玉米还没有收割

坝上的野花还星星点点

桑根达来的牧场已经打草了

锡林郭勒的牛羊似乎准备过冬了

好在冬天迟早要来，没有谁躲得过

好在生命都会经历考验，包括草木人畜

好在苍凉亦是风景，无论是大地还是灵魂

2019 年 10 月 7 日于锡林郭勒草原

111. 川西坝子

"川西坝子"在成都城里

但坝子远在蜀地乡下

乡下的日子总是云淡风轻

城里的生活却是忙忙碌碌

想家了，就到川西坝子饱餐一顿

厌倦了，坝子上才有火辣辣的亲情

乡下的姐妹想进城

城里除了高楼大厦，还有迷人的书香

梦想照进现实，丑小鸭变成了白天鹅

城里的游子思故乡

除了坝子上的田园，还有爹娘和姑娘

诗和远方虽美好，却远不如衣锦还乡

2019 年 10 月 18 日于成都

（"川西坝子"系成都火锅店）

112. 霜降到了

霜降到了

城里的草木还是满目青翠呢

山里早已经是落叶纷飞了

不仅月季花在枯萎凋零

不仅海棠果掉落泥土

不仅雁子惊恐南飞

更悲摧的是弱小生命到头了

首先是蟋蟀的叫声消失了

其次是蚂蚱不见了踪影

就连苍蝇们也死去了

只是人类还在生活或苟活着

城里人还沉醉在秋日雾霾里

山里人着实准备过冬了

富人多打算南方度假

穷人只能厮守家园

霜降到了

2019 年 10 月 23 日

114. 风中的月季花

秋风中的月季花

似乎摇摇欲坠了

可是她的根

还牢牢扎在泥土里

可是她的枝条

仍然泛着墨绿色

所以不管强劲的秋风

如何扫落叶

所以不管月季花

如何柔弱并枯萎

她也不打算

在雪花飘飞之前倒下

她也只是弯弯腰

向这个残忍秋天告别

2019 年 10 月 28 日

113. 北京秋色

以如此浓妆艳抹的姿态告别

才是她真性情——

可以活得短暂

却不可以不美艳

美艳容颜的背后

是冷却的夏，是乍寒的冬

北京的秋天

从来都不拖泥带水

不磨磨叽叽

就像北京的女人一样爱憎分明

爱憎分明的背后

分明是热心肠

就像北京的美艳秋色

一点也不收敛不低调不伪装

2019 年 10 月 26 日

116. 白月光

白月光的白是惨白，
若病态少女的脸。
白月光的光是阴光，
阴光之下全是黑暗。
惨白的白月光，
让夜晚冷森森得瘆人。
阴光的白月光，
让黑暗披上朦胧外衣。
瘆人的夜晚，
家里是温暖的避难所。
朦胧的黑暗，
不过是青天白日背面。
白月光，白月光
与你相伴待天亮

2019 年 11 月 12 日

115. 金黄

山里晚秋的主色调，是炫目的金黄
尤其以湛蓝的天空做背景
便仿佛回到了幸福的黄金时代
只是倔强月季花还不甘心
不甘心于就此枯萎凋零，回归泥土
回归泥土是所有生命的归途
甘心与否、愿不愿意，皆不能改变
无可奈何花落去，人亦然
所谓的黄金时代，不过是幻梦一场
梦醒了，黄金时代就完了
仿佛这山里的晚秋光景，不过几日
几日后回首便恍若隔世了

2019 年 11 月 1 日

118. 久违了

一日不见，如隔三秋
好几日不见，是不是可以说"久违了"
久违了的阳光；久违了的云朵
以及真的"久违了"的你
上一次识你，是在彩云之南的夕阳中
这一次想你，是在密云山中的朝阳里
夕阳，彩云之南的常客
朝阳，密云山里的熟客
唯有你，却是久违了的稀客

2019 年 11 月 24 日

117. 作别

忍冬以红艳果实别过秋天
让留下的麻雀有了过冬的粮食
至于枫叶也会很快归入脚下的泥土
就像人类迟早要归入大地
作别秋天与迎来冬天本质一样
不管高兴还是伤悲皆无法改变现实
现实的冷酷刚刚开始
现实的美丽转瞬亦将过往烟云
无可奈何花落去，似曾相识燕归来

2019 年 11 月 14 日

120. 墨绿的叶子

庭院中的苹果树的叶子还是墨绿色呢
2019 年的第一场冬雪就翩然而至了
墨绿色的叶子本来已经十分憔悴
只需要轻轻的北风就会凋零
只是她们仍然想固执的坚持
只是她们仍然不想就此归入脚下泥土
尽管冬雪总会来的，只是迟早问题
尽管北风跑不了的，只是还没到
叶子归入泥土，亦是她们的宿命
尽管她们墨绿色的生命仍在

2019 年 11 月 30 日

119. 冬日荻花

尽管冬日荻花已经瑟瑟发抖了
却依然屹立不倒
尽管丁香叶子已经所剩无多了
却依然不褪绿色
尽管北燕南飞已经快一个月了
却依然巢穴守候
尽管山里访客已经极其稀少了
却依然弥漫乡愁
尽管旧岁将尽已经到了年尾了
却依然没你音信

2019 年 11 月 28 日

121. 假寐的野草

冬天的到来，只能摧毁一些短命的
生灵

比如蝴蝶，比如蚂蚱，比如蚊蝇

大部分的生命，却可以挨过严酷的
冬天

比如麻雀，比如树木，比如人类

并且冬天只是这些生命年轮的组成
部分

还有一些卑微的生命，善于逃避

比如候鸟，会在冬天到来之前逃亡南方

比如青蛙，会在漫长冬天里冬眠

野草也会冬眠的。叶子枯萎，根部睡觉

只是野草冬眠从来都是半梦半醒

或更像假寐休息，随时等待生命的召唤

冬雪来了，野草会当作一场春雪

太阳出来了，野草会在阳光下迅速泛青

卑贱的野草，竟是最乐观的生命

2019 年 12 月 1 日

123. 半月之美

半月之美，自然不是完美

只能算是一种缺憾之美

就像山中的清冷之夜，虽然星光灿烂

却也冷冷清清

冷清亦当是一种缺憾之美

只适宜独享，自斟自饮

伴着半月之光与满天星斗，慢慢回味

追忆似水年华

似水年华，曾经堪称完美

就像圆月一样完美无缺

只是完美的时光过于短暂，稍纵即逝

就像青春易逝

2019 年 12 月 4 日

122. 冬日的翠竹

尽管在第一场冬雪降临之后

翠竹依然不改其翠绿本色

并且在暖阳照拂之下，呈现出傲娇的表情

但是，她的内心很是空虚

照样在凛凛寒风里瑟瑟发抖

只是翠竹懂得伪装和示弱

伪装气节刚直不阿，实质却是能屈能伸的

以便在漫漫冬夜苟活偷生

所谓"可焚不可毁其节"的说法

并不可信。全系人造谎言

就像人主宰世界、翠竹乃勇士的谎言一样

2019 年 12 月 3 日

125. 短命的冬雪

山里飘雪之后的数日
寒冷的怪兽往往会猖狂起来
尽管它狰狞的面目已经恐吓了病夫
也让那些慌张的麻雀饥不择食
但它却并不满足于此
它的野心是冰封山峦与大地
让流淌的河水凝固，默不作声
也让所有孱弱的生命彻底臣服
可是阳光并没有消失
可是掩藏的春神只是在休息
那些表面枯萎的生命不过是假寐
因为无论怎样猖狂皆不会长久
就像冬雪的短命一样

2019 年 12 月 25 日圣诞节

124. 平安夜的雪

平安夜飘飞的雪花
与好运一起降落在密云的山里
山里静谧而且祥和
尽管只是几户人家在山里过冬
吉兆瑞雪照样光顾
就像圣诞节温暖着每个孤独者
孤独只是外在形式
其实他们内心都是幸福满满的
就像雪花自由自在
自在，从来都是最高级的存在
就像内心深处的你
就像神迷的暗夜与神往的天空
可好运更青睐土地
以及土地上活命的植物和动物
生命本无贵贱尊卑
就像平安夜飘飞的雪花无分别

2019 年 12 月 24 日平安夜

126. 去年的雪

去年的雪

已经成了旧雪

去年的人

已经成了旧人

旧雪很快就会消融

也许来不及被新雪覆盖

旧人却依然是旧人

即使新的一年新的开始

其实去年的雪也曾经是新雪

其实去年的人也一样是旧人

新一年还是会下新雪的

新一年会不会生新人呢

好在没有不化的雪

好在没有不旧的人

2020 年 1 月 1 日

127. 年来了

元旦的新年，只是个虚年

唯有旧历新年，才是真的年

虚年没有前奏曲，日历翻完就到了

到了，就是互道一声新年快乐

而真的年，不止一首前奏曲

从冬至开始，就预备着了

然后就是腊八、小寒、大寒

小寒大寒，杀猪过年。前奏曲响起

真的年，杀猪还只是个小节目

正日子来前，还要彩排一次

小年彩排结束，才真过年

真年来了，就过大年了

过大年，恭喜发财最称人心

中国人穷怕了，所以过年不忘发财

只是发财从来为少数人所独享

平平安安阖家团圆更实际些

所以，回家过年永不过时

就像人人相信，瑞雪兆丰年

2020 年 1 月 6 日小寒

128. 从望京亭到萝芭地

本来我们年前计划的小目标是望京亭来的

到了望京亭，便又期待萝芭地了

望京亭上不见了看山的承德老兄

而接替他的，是一位家乡在大别山的兄弟

望京亭上看不清楚山下的北京城

山下的北京城被蒙蒙雾霾笼罩了

山上的望京亭，云朵飘过、瑟瑟北风吹过

想不到小目标竟如此轻松实现了

得蜀望陇。萝芭地又怎么可放手

更何况萝芭地曾经是我们一个昨日的旧梦

旧梦重温，从来都是幸福的旅程

就像遇见老情人，不需要伪装

不需要精心策划，只是需要一个不期而遇

尽管年前的萝芭地仍然满目苍凉

尽管前往的山路更崎岖山风更烈

却因为更透亮的阳光，与更湛蓝蓝的天空

却因为洁白的残雪与苍鹰的翅膀

小目标便被大目标不经意替代了

也许从望京亭到萝芭地，才该是个小目标

2020 年 1 月 19 日

130. 腊月二十八

腊月二十八，也很快过去了
如果妈妈在，一定会在早晨起来发面的
另外，她还会贴上自己剪的窗花作品
妈妈不在了，发面窗花就只剩下回忆了
白天，闲逛早市，挑选了三条小金鱼
顺带还买了两棵农家酸白菜
过年来顿酸菜白肉，也算是青春的缅怀
傍晚，小区散步，瞧见了邻家的彩灯
以及小区外面村街上闪闪发亮的红灯笼
腊月二十八，就这样过去了

2020 年 1 月 22 日

129. 乡下的年

乡下的年，就在眼前了
不管日子好还是不好
年货还是得办的
尤其是红灯笼、春联和福字
不买一点也没个喜庆气氛
只是乡下也禁放鞭炮了
不仅让孩子们扫兴
就是爷爷奶奶们都感觉缺点什么
鸡鸭鱼肉倒是不缺的
水果蔬菜同样也到处有卖的
只是价格比前些天贵了
只是品类明显增加了
只是人流愈加少了
有钱没钱，回家过年
乡下人都知道这句口头禅

2020 年 1 月 22 日

132. 最低的愿望

现世安稳，岁月静好

似乎是一个最低的愿望

可在兵荒马乱的年代里，其实蛮高的

即便在时下承平的世界，也是不容易的

因为一不留神，瘟疫就来了

因为稍不努力，就可能落伍了

瘟疫来了，远方如何诗意都与你无关了

甚至不慎可能倒下不起

至于诗意的生活，不过是苦中作乐

生命有多长，道路有多远

果真是上天注定吗

最低的愿望，不过是苟活的托辞

就像报春的灰喜鹊

飞来飞去，不过是她的游戏

2020 年 1 月 24 日除夕夜

131. 鸣春

沉睡了一冬的春，正在苏醒

唤醒她的，不仅有喜鹊、乌鸦

真正的主力，当是陪了她一冬的麻雀

而人类，只知道猫冬、偷懒

休息了整整一个冬天才想起她

零星地放几挂鞭炮，还只敢偷偷地放

然后就是吃吃喝喝，静等了

静等春的苏醒，静等桃红柳绿

好在春从不在意谁唤醒她、谁喜欢她

2020 年 1 月 23 日

133. 长城脚下的家园

如果是古代

这里就是剑拔弩张的前线了

而今的这里

则是一片祥和宁静的家园了

家园表明是你赖以生活的地方

每日的起居、饮食

每日的想象、睡眠

每日的欢乐、忧愁

都会与她同在

就像长城守护的小城

就像白河流淌的村庄

完全是休戚与共的生命共同体

你与这里当然也是生命共同体

尽管半生的时光你漂泊在外

尽管你没有资格称为原住民

但城墙上的每一块砖石

但小城里每一个角落

但村庄里每一个集市

你都没有一点陌生感

你都熟悉得像亲人

就像山下村庄里的一只柴狗

一只鸡鸭

一个云游归来的浪子

蒙着眼睛都可以回家

家园就是随时都可以逃避的地方

不需要任何理由和借口

也不需要任何准备

只要她在那里，只要她不嫌弃你

你都可以堂堂正正地回家

长城脚下的家园

青山不老

绿水长存

2020 年 2 月 1 日

134. 憧憬灾难过后

憧憬灾难过后

不再伪装了；也不再委屈自己。过好每一天

想说的话，就直率地说

想做的事，也不再犹豫不决了

想见的人，天涯海角都去见

想看的风景，千难万险当去看

反正上帝给你的生命时间就那么多年

反正爹妈给你的容颜也不能改变

反正你的幸福与否与别人有关系，也没关系

离开你了，家人朋友亲人一样得好好活下去

离开你了，祖国一样大国崛起一样繁荣昌盛

离开你了，地球照样转，太阳照样东升西落

只是你在的话，你的幸福就不会完结

只是你在的话，在意你的人就会安心

只是你在的话，未来什么样你会知道

既然瘟疫本来是一场天谴啊

既然瘟疫本来是可以避免的

既然瘟疫走了也说不准会重来

所以呢，踏踏实实地活着才是出路

所以呢，本本分分地做事才是正途

所以呢，必须得畏天命、畏大人、畏圣人言

2020 年 2 月 18 日改定

135. 朵儿

两个小时之前

朵儿还是个纤细苗条的俊姑娘

两个小时之后

朵儿就变成丰腴成熟的少妇了

不管是姑娘还是少妇

朵儿还是朵儿

气质没变、风采依然

本来她是有家的

也有天上的亲人和朋友

比如阳光、比如空气、比如雨水

可她却心向大地

心向大地上的树木、河流与人类

朵儿还喜欢向人类示爱

展示她纤细苗条的身材

展示她丰腴成熟的魅力

朵儿飘啊飘

心儿摇啊摇

2020 年 2 月 21 日

136. 二月二

二月二，龙抬头

当然是个传说

久远的传说

到底龙抬不抬头

根本没人知道

到底有没有龙

就更是亘古不解之谜了

其实根本不用管龙抬头

也不用管有没有真龙

反正二月二

每年都会准日子来的

反正二月二

之后都会诞生新生命

二月二来了

正月里没剃的头就该剃了

二月二来了

地里的野草就会滋绿芽了

二月二来了

冬眠的小龙就会苏醒过来

小龙当然是假名字

真名叫长虫、蛇和冷血动物

过去的皇上

常常自称真龙天子

真龙天子当然是骗人的

是拿来糊弄黎民百姓的

好在皇上早就不在了

好在没人相信真龙天子了

只是二月二龙抬头

今天还有人相信

相信这久远的传说

2020 年 2 月 24 日

137. 恋家

喜鹊恋家

所以冬天也不飞走

人类恋家

所以总想叶落归根

冬天不飞走的喜鹊

有时会饥寒交迫，无处觅食

叶落归根了的人类

有时会瘟疫流行，苦苦等待

无处觅食的喜鹊

有的，往往熬不过冬天

苦苦等待的人类

有的，常常等不到春天

冬天总算走了

春天终于来了

熬过了冬天的喜鹊

好似喜从天降

等到了春天的人类

却是悲从中来

2020 年 2 月 25 日

139. 春光

含苞待放的玉兰花骨朵

在春日阳光里

竟显出几丝英武之气

英武之气

透出她外柔内刚的性格

虽被一身毛茸茸的衣裳包裹着

竟有着一颗勇敢的心

勇敢经受了昨夜的一场凄风冷雨

凄风冷雨或系冬天的告别

其实告别早在立春、雨水、惊蛰之前

就发生过了

但之前的告别恐只是预演

唯昨夜的这场凄风冷雨才是真的吧

最后的告别才是真告别

就像告别旧情，反反复复、辗转难眠

当真一刀两断，便放下了

最后的考验才是真考验

凛冬已走。春光重现

春光无限好

2020 年 3 月 7 日

138. 美云

当然知道你一向轻浮

一向飘忽不定

当然知道你不会一个地方待太久

不会留恋某人

但还是没出息，禁不住你的诱惑

禁不住地想你

你一现身，一切美色便黯然失色

你一飘动，所有的心皆心旌摇荡

好妒忌山峰啊

他竟然可以靠你那么近

好羡慕树枝啊

他似乎已经抓到了你呀

好向往天空啊

那里就是你自己的家呀

美云

慢些走，好吗

2020 年 3 月 3 日

140. 自己的王

除了你可以做你的王之外
世界上就没有第二个人了
哪怕他是生养了你的父母
哪怕她是你的那个心上人
哪怕是你的儿子或者女儿
哪怕是有过大恩于你的人
哪怕是你最最害怕的那人
哪怕是你最最景仰的那人
他也都没有资格做你的王
你的王必须只属于你自己
即便你现在已穷困潦倒了
即便你今后将走投无路了
即便外面的世界风雨如晦
即便自己的世界鸡鸣不已

你也没有理由去缴械投降
尽管你的王没有堂皇宫殿
只能在自己蜗居里避风雨
尽管你的王没有广阔疆土
只能固守在自己方寸之地
尽管你的王没有子民跟随
唯一的子民就是王者自己
你仍有你骄傲的本钱资本
你的本钱资本就是自由心
自由心让你不再自我欺骗
自由心让你自由自在活着
自由心让你不甘做螺丝钉
自由心让你做自己的主人
自由心让你做你自己的王

2020 年 3 月 8 日

141. 云后的日头

云后的日头被遮蔽

仿佛罪恶的真相被遮蔽

被遮蔽的日头

日头会自己跑出来

被遮蔽的真相

真相也许永远沉寂

跑出来的日头

光芒无损，乾坤朗朗

沉寂了的真相

正义蒙尘，暗夜漫长

2020 年 3 月 9 日

142. 不要以为

不要以为灰霾走了，就是东风的胜利

灰霾走了会再来

而东风却不会一直吹

不要以为河水清了，就是鱼虾的胜利

河水清了会变浊

而鱼虾却不会一直在

不要以为冬天离去，就是春天的胜利

冬天离去又回还

春天也将不久去

不要以为瘟疫消逝，就是人类的胜利

瘟疫消逝会复活

人类死去不复生

2020 年 3 月 10 日

只有人对人的不仁

没有万物对人的天谴

所有的灾祸皆人祸

与天无关

与地无涉

所有的苦难皆人的苦难

神不知

鬼不觉

2020 年 3 月 11 日

143. 苍天没有眼睛

苍天没有眼睛

就像云朵没有心情

人间的灾祸

苍天是根本看不到的

人间的苦难

云朵也是没有心情关注的

所谓"天地不仁，以万物为刍狗"

完全是人为自己开脱罪责的说辞

只有人对天的不敬

没有天对人的不忠

只有人对地的不恭

没有地对人的不满